Impressum

1. Auflage 2016
Copyright Nadine Hilmar
Gestaltung und Text: Nadine Hilmar
Fotografien:

      S. 31, 45, 63, 77, 91: Nadine Hilmar

      S. 7, 99: Jan Hilmar

      S. 17, 109, 119: bastiankalous.com

ISBN: 9783842347670

Herstellung und Verlag:
BoD - BoD - Books on Demand, Norderstedt

Für meinen Bruder in sehnsüchtiger Erinnerung.

Inhaltsverzeichnis

Fotos erzählen Geschichten. Geschichten aus
der Sicht der Fotografierenden. Geschichten über
die Menschen, die im Foto festgehalten sind.
Und Geschichten in den Köpfen derer, die die
Fotos betrachten.
Keine Geschichte gleicht der anderen. Jede ist
wundersam. Und auf ihre Art reich.

ANGEKOMMEN

Angekommen

Das erste, was er sah, als er erwachte, waren seine Füße. Seine Nackten Füße. Die Haare auf dem großen Zeh. Ein Muttermal direkt über dem rechten Knöchel.

Er wackelte mit den Zehen, als würde er sich zuwinken. Wie beweglich sie waren. Und wie perfekt geschnitten die Zehennägel waren. Wann hatte er...? Bevor er zu Ende denken konnte, spürte er einen stechenden Schmerz im Brustkorb. Er hielt inne und schloss die Augen. Er hörte laute Sirenen in seinem Kopf. Ein Hämmern und blaues Licht blendete seine Augen. Dann war der Schmerz verschwunden, der Kopf ruhig und still. Der Gedanke an seine perfekt geschnittenen Zehennägel vergessen. Wieder schaute er sich an. Seine Zehen. Seine

Füße und die gesamte Nacktheit seines Körpers, der hier in dieser Badewanne lag.

Im Augenwinkel sah er jemanden aufstehen. Einen Mann mit grauen Haaren und einer sehr großen Nase. Er beobachtete, wie der Mann einen weinroten Leinenumhang mit einer gelben Schnur fest um sich schnürte und, ohne sich umzublicken, langsam davon ging. Dann schaute er zurück auf seine Füße. Seine Zehen. Wackelte noch einmal kurz und hatte schon vergessen, worüber er sich gerade noch gewundert hatte. Er betrachtete seine Finger. Dass auch diese Nägel perfekt und rund geschnitten waren, bemerkte er nicht mehr. Stattdessen strich er langsam mit dem rechten Zeigefinger über die Rostflecken der alten Badewanne, in der er lag. Sie waren orange-braun. Und bröselig. Die Badewanne war einmal silbern, aber überall blätterte die Farbe ab und die Rostflecken übernahmen die Farbherrschaft.

Neben ihm stand die leere Badewanne des Mannes mit den grauen Haaren und der großen Nase. Der Mann war bereits verschwunden und er wunderte sich nun, wohin er wohl gegangen sei. Er schaute sich um aber er konnte ihn nirgends entdecken. Da spürte er plötzlich wieder diesen stechenden Schmerz, schloss wieder die Augen für ein paar Sekunden und sah grelles blaues Licht schimmern. Immer und immer wieder. Dann war es ruhig in seinem Kopf und in seiner Brust. Er öffnete die Augen und schaute sich um.

Um ihn herum standen noch unzählige Badewannen. So weit er schauen konnte, standen unendlich viele Badewannen in scheinbar perfekt gerader Anordnung. Alle silbern. Alle rostig. Alt irgendwie. Manche waren leer. In anderen schliefen Menschen. Tief und fest. Hier und da hingen ein paar Füße über den Rand, weil die Wannen zu klein waren für diejenigen, die in ihnen lagen.

Neben jeder Badewanne stand ein Holzhocker, weiß lackiert. Auf jedem Hocker lagen ein weinrotes Stück Stoff und eine gelbe Schnur. Weit entfernt sahen die weinroten Stoffstücke nur noch aus wie Punkte in diesem weiten Grau.

Denn obwohl er kein Fenster erblicken konnte, war dieser Raum hier, dieser Saal, dieses riesige Etwas, hell. Weit und hell. Die Decke des Raumes war ungreifbar hoch oben. Es hingen Farbstücke herab, kurz davor, jeden Moment laut scheppernd zu Boden zu fallen. Doch nichts fiel. Und nichts schepperte. Überhaupt war kein Geräusch zu hören.

Und noch bevor er sich wundern konnte, wie er hier her in diese Ruhe und Stille, diesen Raum aus Nichts aus so vielen Menschen und Badewannen und sonst nichts gekommen war, spürte er wieder einen Schmerz in seiner Brust. Diesmal hielt er nur kurz inne, ließ die Augen offen und spürte das Flackern des blauen Lichtes nur noch in seinen Augenwinkeln. Kurz darauf war der Schmerz verschwunden und mit ihm die Frage nach dem Wie und Warum.

Er stand auf und stieg aus der Badewanne. Seine Füße berührten den grauen Fliesenboden, der sich weich anfühlte. Und warm. Angenehm warm.

Er nahm die gelbe Schnur vom Hocker und legte sie vorsichtig auf den Badewannenrand. Dann wickelte er sich in den weinroten Umhang, so, wie er es bei dem Mann mit den grauen Haaren und der großen Nase aus der

Nachbarbadewanne gesehen hatte. Er knotete die gelbe Schnur um seine Taille und hielt mit der linken Hand das Ende der Schnur fest. Dann trat er auf den Gang zwischen zwei Badewannenreihen hinaus und blickte reglos in die Weite dieses Raumes. Dieses Saales. Dieses endlosen Nichts. Ohne Anfang, ohne Ende. Und ohne sich weiter darüber zu wundern, ging er ein paar Schritte. Er schaute nicht auf die Menschen in den Badewannen. Er wunderte sich nicht über sie und beachtete auch kaum die, die gerade, so wie er selbst, erwachten und aufstanden. Und sich nicht über ihn wunderten. Sie schnürten sich ebenfalls ihre roten Umhänge um und gingen scheinbar ziellos auf ein unscheinbares Ziel zu. So wie er.

Mit jedem Schritt sah er nach und nach eine Tür aus Metall im Nebel der Weite auftauchen. Eine

Tür, die sich immer wieder öffnete und durch die immer wieder ein Mensch, der zuvor aus einer Badewanne entstiegen war, verschwand.

Er wusste nicht, was hinter der Tür war, doch jedes Mal, wenn er sich fragte, was dort sein könnte, warum die Menschen dort hin strebten, schmerzte es in seiner Brust und er musste kurz innehalten. Auch die anderen schienen hin und wieder stehen zu bleiben. Um dann, wie von fremder Hand geschoben, weiterzugehen.

Die Tür in der Ferne quietschte jedes Mal, wenn sie sich öffnete oder schloss. Das Quietschen wurde lauter mit jedem Schritt, den er sich der Tür näherte.

Und mit jedem Quietschen wurde der Schmerz in der Brust immer schwächer und immer seltener. Und mit jedem Schritt schwand das

Wundern über das, was war und was ist. Er wollte nur noch auf diese Tür zu und durch sie hinaus. Wollte weg aus diesem Raum und weg von dem Schmerz, der immer wieder leise, ganz leise auftrat. Doch das ohrenbetäubende Quietschen der Tür zog ihn an, es übermalte die Schmerzen, die er trug und irgendwann stand er vor keiner Tür, sondern einem riesigen Tor aus Metall. Ein letztes Mal schaute er sich um und sah in die Weite all dieser Badewannen und roten und gelben Punkte, sah all die Menschen und die Füße, die über die Wannenränder hinausragten.

Dann trat er einen Schritt nach vorn und die Tür öffnete sich mit lautem Quietschen. Was vor ihm lag war nichts, was er hätte erwarten können. Nichts, was er sich je hätte vorstellen können. Und jetzt, da er ohne Schmerzen und ohne Fragen war, konnte er hinaustreten.

FRAU IN WEISS

Frau in Weiß

Er zog das Foto eingepackt in Folien aus der Kamera und legte es zum Entwickeln ins Gras. Dort lag es eine Weile, während er an seinem halb vertrockneten Brot kaute. Würden sie ihn im Büro jetzt sehen können, würden sie ihn wohl für verrückt erklären. Oder total durchgeknallt. Er starrte kauend in die Landschaft und lächelte abwesend über vergangenen Abende.

Als der das Brot aufgekaut und mit langen Wasserschlucken weggespült hatte, nahm er das Foto aus dem Gras und begann die obere Folie abzuziehen. Gespannt betrachtete das Ergebnis. Und als er die Folie ganz abgezogen hatte, schob er den Kopf näher zum Foto und das Foto näher zum Kopf. Dann wieder weg und noch einmal näher. Was er sah, konnte er nicht glauben und schon gar nicht begreifen. Er rieb sich die Augen und begriff noch immer nicht.

Auf dem Foto stand eine Frau, mit dem Rücken zu ihm gewandt und dem Blick auf das Haus, das er fotografiert hatte. Er saß direkt vor diesem Haus, konnte aber niemanden sehen. Er konnte sich auch nicht erinnern jemanden gesehen zu haben, als er das Foto gemacht hatte. Es wäre ihm doch aufgefallen. Sie wäre ihm aufgefallen. Diese Frau in diesem weißen Kleid hier im grauen Nichts vor diesem grauen Haus. Er schaute sich um. Verwundert. Verwirrt.

Er glaubte nicht an Hokuspokus. Weder an einen Gott noch an irgendwelche mystischen Märchen. Er verachtete Esoterik und alles Wundersame, was nicht physikalisch, mathematisch oder sonst höchst wissenschaftlich zu erklären war.

Meditation und Yoga waren ihm so fremd wie sämtliche Religionen der Welt. Er glaubte, was er sah und das, was er fühlte. Die Realität. Das

Leben. Den bitteren Geschmack von Kaffee am Morgen. Die Zahlen in seinem Computer. Die Kopfschmerzen nach zu viel Alkohol am Abend. Das Vibrieren seines Handys in seiner Hosentasche.

Und so musste das hier auch eine Erklärung haben. Er stand auf und sah sich immer und immer wieder um. Vorsichtig ging er auf das Haus zu. Er hatte nicht vorgehabt hineinzugehen. Es schien unheimlich so verlassen und verfallen. Aber die Frau auf dem Foto, die gar nicht da war, war ihm noch unheimlicher.

Zögerlich ging er die Stufen hinauf zu dem, wovon er glaubte, das es einmal die Eingangstür war. Dabei schaute er sich immer wieder um. Doch er konnte niemanden sehen. Im Inneren des Hauses sah es nicht viel anders aus als draußen. Der Boden war bewachsen, und da das Dach fehlte, hatte man nicht den Eindruck, wirklich in einem Haus zu sein. Drinnen war draußen war drinnen. Nur der Wind fegte. Der Wind, den er... Den er bis eben nicht gespürt hatte. Ein Wind, der so stark war, dass es pfiff. Der Himmel über ihm weit hinter dem abhanden gekommenen Dach war grau, aber das war er vorher schon gewesen. Nur der Wind, der war ihm nicht aufgefallen. Als er im Gras saß und an seinem halb vertrockneten Brot kaute. An die Kollegen dachte, die ihn jetzt aber wirklich für wahnsinnig geworden halten würden. „Was willst Du da oben, wo es nur kalt und windig ist?" hatten sie ihn gefragt. Karibik. Sonne, Strand und Meer. Das war es, was sich ein Mann in seinem Alter und seiner Position zu gönnen hatte. Doch darauf hatte er längst keine Lust mehr. Und so war er verspottet und verhöhnt hier nach Island gefahren und fotografierte sich durch die lavaversteinerte Landschaft. Und vielleicht war der Wind ja doch da gewesen und er hatte ihn schon als normal angenommen. So normal wie den Dunst, den Regen und den Nebel. Die Sonne, die nie wirklich unterging zu dieser Zeit. Er verließ das Haus wieder und spürte dabei, wie ihm das alles allmählich unheimlich wurde. Denn der Wind war eben keine Normalität. Hier draußen war kein Wind und auch kein Pfeifen. Es war ruhig und mild. Für Island schon fast hochsommerlich warm. Kurz davor alles einzupacken und davonzulaufen, vor sich selbst und dieser Unheimlichkeit, beschloss er, noch ein Foto zu machen. Von diesem Haus an diesem Ort. In diesem Moment. Er richtete die Kamera neu aus und versicherte sich selbst mehrmals, dass er allein und sonst außer ihm niemand hier war. Dass keine Frau vor dem Haus stand und keine Frau in der Nähe war, die in sein Foto hätte springen können. Keine Frau und kein weißes Kleid. Und auch kein Wind. Dann drückte er erneut auf den Auslöser und zog erneut ein in Folie verpacktes Foto aus der Kamera. Diesmal hielt er es in der Hand, bis es entwickelt war und er die obere Folie abziehen konnte. Immer wieder schaute er sich dabei um. Fast schon ein wenig paranoid. Als er die Folie vom Foto riss, erschrak er wieder. Seine Hand zitterte und das Foto zitterte mit. Er schaute sich noch einmal wirr um, als hätte sein paranoides Umschauen vorher etwas übersehen können. Die Frau auf dem Foto war wieder da, obwohl sie doch nicht da war. Allmählich wurde er panisch. Er packte seine Kamera ein, nahm das Stativ und rannte zu seinem Auto. Er stieg ein und ohne sich anzuschnallen, ohne sich umzusehen, fuhr er los. Er fuhr ein paar Kilometer und erst, als ihm die ersten Autos begegneten, erst, als er im nächsten Ort wieder Menschen begegnete und er sich wieder in der Realität fühlte, beruhigte er sich. Er schnallte sich wieder an und schaltete das Radio ein. Ohne Zwischenstop fuhr er durch bis Reykjavik, bis zum Hotel, in dem er lange und ausgiebig duschte, bevor er sich an die Hotelbar setzte. Wie jeden Abend. Wie jeden Abend trank er sein Bier und begann sich mit anderen Hotelgästen zu unterhalten. Und wie jeden Abend genoss er bald die langsam einsetzende Wirkung des Alkohols. Irgendwann setzte sich ein Mann neben ihn und begann ihn auszufragen. Wo er her komme, was er hier mache, was er schon gesehen habe. Das Übliche. Und er antwortete. Und irgendwann reichte er dem Mann seine vorsichtig in einen Umschlag verpackten Fotos. Er trug sie immer mit sich, denn bisher hatte er noch jeden Abend eine Frau damit faszinieren können. Mit seiner unmodernen Art das Land auf Papier festzuhalten.

Dass es dieses Mal ein Mann war, der sich für die Fotos interessierte, störte ihn nicht.

Stattdessen war er schlagartig nüchtern, als dieser Mann das Foto mit der Frau vor dem Haus in die Hand nahm und rief „Ah, die Frau in Weiß! Sie war wieder da, hm?"

„Du kennst sie? Es gibt sie wirklich?"

„Ja klar. Kennst Du die Geschichte noch nicht? Naja, das war so. Die Frau da, die hat in dem Haus gelebt. Bei einem heftigen Sturm ist das Dach eingestürzt und ihr Mann wurde davon erschlagen. Allerdings hat sie die Leiche nie gesehen und behauptet, der Sarg wäre zur Beerdigung leer gewesen. Also geht sie immer wieder zurück zum Haus und wartet, dass er wiederkommt."

„Klingt nach einem schlechten Märchen."

Der Mann lächelte. „Naja, Du musst das nicht glauben. Aber die Frau auf Deinem Foto, die siehst Du wohl, oder?"

Er bekam Gänsehaut. Irgendetwas stimmte hier nicht. Und er mochte es nicht, wenn etwas Unerklärliches nicht mit Zahlen und Fakten wegzuwischen war.

„Aber wo ist die Frau sonst?"

„In der Klinik. Sie fährt jeden Tag mit dem Bus zum Haus. Und mit dem letzten Bus zurück."

Er konnte das noch immer alles nicht glauben. Immerhin hatte er die Frau nicht gesehen. Oder doch? Die Wirkung des Alkohols verquirlte sich mit den Erinnerungen des Tages und bald glaubte er, dass er die Frau ganz und gar gesehen hatte. Und hätte er weiter getrunken, hätte er womöglich geglaubt, sich auch mit der Frau unterhalten zu haben. Denn der Mann erzählte ihm so viel über sie und die Geschichte ihres vom Dach erschlagenen Mannes, dass er bereit war, alles zu glauben. Spät, viel zu spät, trug er taumelnd seine Fotos auf sein Zimmer und versank in der Helligkeit der Dauerdämmerung des isländischen Sommers in tiefen Schlaf.

Die nächsten Tage zog er von einer ihm unbekannten Faszination durch die Landschaften. Er ließ sich überrollen von einer Macht der Langsamkeit. Er fotospazierte etwas ruhiger durch die Gegenden, er aß sein halbvertrocknetes Brot langsamer und schaute öfter tagträumend in die Weite der isländischen Welt. Er verstrickte seine Gedanken mit dem Nebel und Niesel der Berge, schob sie Wasserfälle hinab und ließ sie in die Weite des Meeres abtauchen. Am Abend trank er langsamer sein Bier und redete weniger.

Stattdessen lauschte er fasziniert den Erzählungen der anderen und versank in ihren zauberhaften Welten. Mehr und mehr war er beeindruckt von der Gewalt der isländischen Landschaft, von den elfenhaften Steingebilden im Nichts, von endlos rauschenden Wasserfällen und sprudelnden Quellen. Mehr und mehr vergaß er die Welt daheim und die spottenden Kollegen. Etwas hatte ihn berührt und zaghaft versuchte er, die Welt zu berühren.

Dass der Zollbeamte am Flughafen ihn dreimal anschaute, bevor er ihm seinen Pass wieder gab, wunderte ihn auch nicht mehr. Viel mehr erschrak er, als er sich in seinem Auto im Rückspiegel sah. Zerzaust und bärtig saß er da in seinem sauberen Ledersitz seines sportlichen Wagens, der ihm nun eng und fremd erschien. Er zwängte sich den Gurt um den Bauch und bremste sich durch den Verkehr nach Hause.

Am nächsten Morgen zog er wie gewohnt seinen Anzug aus dem Schrank, spürte das altbekannte Vibrieren des Handys in seiner Hosentasche und betrat wie ein Fremder in Uniform das Büro. Nach einem halben Tag hatte seine Arbeit ihn und er den verlorenen Humor seiner Kollegen wieder. In der Mittagspause warteten sie gespannt auf die Erzählungen seiner Reise. Vor allem auf die, die sich auf weibliche Reisebegleiterinnen bezogen. Wie es denn nun war mit den isländischen Frauen, wollten sie wissen. Und weil ihm nichts weiter einfiel, beschloss er, ihnen das Foto der Frau in weiß als Eroberung unterzujubeln. Dass sie eine psychisch kranke Witwe war, wussten sie schließlich nicht. Er legte einen Stapel Fotos auf den Tisch, ignorierte den Hohn über die unmoderne Art zu fotografieren und wartete gespannt auf die Frage nach der Frau auf dem Foto. Doch sie kam nicht. Niemand fragte denn niemand sah auf irgendeinem Foto irgendeine Frau. Er wühlte alle durch und spürte diese alte Panik in sich aufsteigen. Die Panik, die da war, als er die Frau sah, die es nicht gab. Sie wurde zur Panik, die kam, weil es die Frau nicht gab, die er nie sah. Die nur auf dem Foto existierte. Die in der Erzählung des fremden Mannes an der Bar auftauchte. Die ihn in seine betrunkenen Träume verfolgte und die isländische Reise zauberhaft und wundersam gemacht hatte. Die ihn tagträumen ließ und in eine Welt versinken, die nun verschwand wie isländischer Nebel hinter den Bergen. Und alles was blieb war die Realität, die er vergessen hatte. Der bitte Geschmack von Kaffee. Die Zahlen in seinem Computer. Und das Vibrieren seines Handys in seiner Hosentasche.

KURSALON HUEBNER

Kursalon Hübner

Er spürte nichts von der Kälte, die sich langsam von den Steinstufen herauf in ihm ausbreitete. Er durfte nichts spüren. Jetzt galt es nur abzuwarten und dieses Drama zu Ende zu bringen. Ein Drama, von dem er nicht wusste, wie es ausgehen könnte. Oder sollte. Ruhig blieb er sitzen, die Arme um die Beine geschlungen. Die Stirn auf die Knie gepresst.

Plötzlich hörte er Stimmen. Schritte. Eine Tür fiel ein paar Etagen über ihm ins Schloss. Die Schritte näherten sich. Er schaute nicht auf, lauschte nur. Für einen kurzen Moment war es ruhig, dann hörte er, wie ein paar Schritte sich wieder entfernten. Nach oben. Eine Türklingel und Stille. Er hörte seinen Herzschlag und atmete nicht, bis er die Stimme seines Großvaters im

Hausflur hörte. Die Schwere seines Körpers in den Schlapfen die Treppen hinuntereilte. Bis zur Kellertreppe. Auf der oberen Stufe blieb er stehen. Alt und grauhaarig. Holte zweimal tief Luft und fragte dann heiser: "Theo?"

Theo antwortete nicht gleich. Mit seinen sieben Jahren wusste er nicht, wie er mit dem Gefühl dieser Ertapptheit zurechtkommen sollte. Er war fast froh, dass es vorbei war, er war auch gar nicht mehr böse auf seinen Großvater. Aber konnte er das jetzt so einfach hinter sich lassen und mit ihm nach oben gehen, als wäre nichts geschehen?

"Theo!" sagte sein Großvater erneut. Etwas bestimmter.

Theo spürte nun die Kälte in jeder Faser seines kleinen Körpers. Er wollte nach Hause. Vorsichtig stand er auf, die Knie wackelten ein wenig. Wie lange hatte er hier unten verweilt? Er drehte sich um und hob langsam den Kopf. Als er seinen Großvater erblickte, erschrak er. Müde und traurige Augen sahen ihn an. Erleichterung und gleichzeitige Enttäuschung. Er kannte den Blick nicht. Großvater war so nicht.

Warum er ausgerechnet jetzt diese Erinnerung durch seinen Kopf laufen ließ, wusste er nicht. Hier oben über dem Skogarfoss Wasserfall. Einem Ort wie aus dem Bilderbuch. Das Wasser stürzte laut und schallend in die Tiefe, Kleine Nieseltropfen schwebten über dem Abgrund. Die Zelte und Campingwagen dort unten so klein wie Ameisen. In der Ferne nur zu vermuten: das Meer. Island.

Doch Theos Kopf hämmerte. Er hatte Durst und war müde. Unglaublich müde. Der Rucksack lag träge und schwer neben ihm. Noch 23 Minuten, dann musste er wieder unten stehen an der Holzhütte, wo der Bus ihn wieder zurückfahren würde. Zurück nach Reykjavik. Zurück ins Hostel. In eine weitere bier- und vodkagetränkte Nacht. Der Ausflug war einer von vielen. Einer von vielen, die er verkatert und übermüdet ertrug. Bei denen er mit der Digitalkamera wild um sich klickte, um überhaupt eine Erinnerung an das zu haben, was sich an Landschaft und eindringlicher Schönheit vor seinen Augen darstellte.

Und in all das quetschte sich nun die Erinnerung an einen Nachmittag mit seinem Großvater. Er war sauer gewesen. Richtig sauer. Weil sie Tag für Tag in dieses Kaffeehaus gingen, dort die alten Freunde seines Großvaters trafen und Karten spielten. Es war ihm zu fad. Das Spaghettieis, mit dem ihn sein Großvater immer lächelnd lockte, hing ihm zum Hals raus und die Kartenspiele, mit den alten Herren waren längst nicht mehr aufregend. Die Karten abgenutzt und verfärbt von den zigarettenvergilbten Händen ihrer Spieler. Er wollte das machen, was seine Freunde in den Sommerferien machten. Ans Meer fahren, in Hotels wohnen, am Strand liegen. Er wollte auch wissen, wie es war, in einem richtigen Flugzeug zu sitzen. Seine Eltern hatten ihm das auch versprochen, doch dann kam sein kleiner Bruder zur Welt und es war sowieso alles anders. Und so hockte er wieder bei Opa. Aß Spaghettieis und spielte Karten. An diesem Nachmittag jedoch war es einmal zu viel und so war er davongerannt.

Warum ihn sein Großvater nie gesucht hatte und

ihn erst, nachdem die neugierige Frau Kadi bei ihm geklingelt hatte, heraufholte, hatte er sich nie gefragt. Erst jetzt kam es ihm in den Sinn, dass sein Großvater wohl die ganze Zeit wusste, wo er war und ihn einfach schmoren ließ. Das schien ganz der alte sture Kopf zu sein, den er in Erinnerung hatte. Aber in welcher?

Das einzige Bild, was seit Jahren in seinen Kopf hüpfte, wenn er an seinen Großvater dachte, war dieser traurige, enttäuschte Blick, als er dort oben auf der oberen Stufe der Kellertreppe stand. Es hatte etwas von dem sonderbaren und geheimnisvollen Band zwischen ihm und seinem Großvater genommen. Seitdem war er nur noch selten in den Ferien bei ihm gewesen und hatte die Erinnerung stattdessen mit Reisen und Abenteuern, wie er sie für lebenswert hielt, übermalt. Denn sein Opa war kein Reisender. Er brauchte das nicht. Er reiste lieber auf dem Papier. Mit seinen Freunden. Täglich trafen sie sich im Kursalon Hübner und tauschten sich aus. Sie waren alles mehr oder weniger erfolgreiche Autoren. Manche ihrer Texte erschienen in den lokalen Zeitungen, manche sogar in Anthologien. Aber keiner von ihnen schaffte jemals den Bestseller, von dem sie immer sprachen. Doch das schien sie nicht weiter zu stören. Sie schrieben weiter fröhlich ihre Geschichten, die sich in aller Welt zutrugen. Das war ihre Art zu Reisen. Und je mehr Theo jetzt darüber nachdachte, umso mehr gefiel ihm diese Art. Sie war günstiger, weniger aufwändig und vor allem – und das spürte er schmerzhaft – war sein Großvater immer mit seinen besten Freunden gemeinsam unterwegs.

Er saß hier allein. Schaute in die Ferne und löschte den Durst mit durchgeschüttelter Cola. Natürlich hatte er gestern Abend wieder neue sogenannte Buddies kennengelernt. Wie jeden Abend. Doch sie alle waren auf der Durchreise, hatten Ausflüge gebucht und waren, so schnell sie am Flughafen gelandet waren, auch schon wieder weg. Traveller. Backpacker. Die modernen Reisenden.

Sein Facebook Account ging über vor Freunden, sein emailpostfach jedoch schwieg. Hin und wieder eine Sammelmail einer Reisebekanntschaft mit neuesten updates und Fotos. Unpersönlich und fremd. Das war es. Von den Freunden daheim hörte er nur wenig. Die meisten waren nach der Schule zum Heer und dann direkt in die Lehre oder ins Studium abgetaucht. Er wollte die Welt bereisen, und so jobbte er sich zwei Jahre quer durch Wien, bis das Geld ausreichte für einen Anfang. Dann ging es Los. London und England, ein kurzer Streifzug nach Wales, Edinburgh und die Highlands, Irland, Orkney und die Shetlands. Von da direkt nach Skandinavien. Von Island aus wollte er nach Amerika, dann Asien und letztendlich Australien und Neuseeland. Irgendwo zwischendrin müsste er sich wieder einen Job suchen, aber bisher hatte das Geld gereicht.

Ihm wurde schlecht. Schlecht bei dem Gedanken daran, in zwei Tagen den weiten Flug nach Amerika anzutreten, um dort weiter allein in Bussen, Bahnen und Mietautos die Landschaft zu streifen, in unbequemen Hostelbetten zu schlafen und von zu viel Alkohol zu viel Kopfschmerzen mit sich zu tragen. Er wollte heim. Und je mehr er darüber nachdachte, je mehr Cola er in sich hineinschüttete, um dieses

Gefühl zu ertränken, umso klarer wurde ihm, dass es das einzig Sinnvolle war, was er tun konnte. Er wollte seinen Großvater sehen, wollte ihm von seiner Reise erzählen, von dem, was er gesehen und erlebt hatte und mit ihm die Dinge umschreiben, an die er sich nur dunkel oder gar nicht erinnern konnte. Die Fotos konnten eine wundervolle Vorlage für sie sein, so wie die Fotos aus den Reisekatalogen, die sein Großvater immer als Anregung für seine Geschichten verwendet hatte.

Er sah sie schon vor sich, den alten Espresso-Fritz, den langen Karl, den Pfeife rauchenden Heinz, die Tiroler Zwillinge Emil und Edgar, den stummen Gerhard, den kleinen Erich und mittendrin seinen Großvater Bernhard. Wie sie sich freuen würden, wenn er ihnen neuen Stoff lieferte für ihre skurrilen Geschichten.

Er lachte ein wenig bei dem Gedanken, die alten Herren wieder zu sehen. Dann erschrak er. Die Straße entlang schlängelte sich ein weißer Reisebus der Firma Reykjavik Excursions. In zwei Minuten war Abreise. Er sprang auf, sein Kopf stöhnte aber Theo ignorierte ihn. Etwas zu schwungvoll schmiss er sich den Rucksack, der plötzlich viel leichter schien, über die Schultern, und eilte die Stufen hinab, an den Touristen vorbei, die ihn missmutig ankeuchten.

"Entschuldigung." sagte er immer wieder. "Entschuldigung, aber ich muss nach Hause. Kursalon Hübner. Da muss ich hin." Er musste lachen. Immer wieder sprach er diesen dämlichen Namen des Kaffeehauses aus.

„Kursalon Hübner! Entschuldigung, aber ich muss da wirklich schnell hin." Er hetzte zum Bus, der Busfahrer öffnete ihm noch einmal schnell die Tür und sah ihn fragend an: „Wohin?"

„Kursalon Hübner." sprach Theo gehetzt.

Ihre Hände

Als sie aus dem Fahrstuhl hinaus auf den Gang zum Untersuchungszimmer traten, schrie sie laut und schrill auf. Zerrte panisch an ihren Händen, die mit Lederriemen am Bett festgebunden waren. Je mehr sie versuchte, sich loszureißen, desto panischer wurde sie. Desto lauter und schriller ihr Schreien.

Im Untersuchungszimmer waren drei Schwestern bemüht sie auf die Liege zu heben. Ein Arzt wusch sich die Hände mit Desinfektionsmittel. Die Tür wurde geschlossen. Anweisungen flogen durch den Raum. Wenig später wurde es still.

Greller Sonnenschein fiel auf das Bett und blendete sie noch bevor ihre Augen sich öffneten. Es schmerzte. Alles schmerzte. Hektisch hob sie ihren rechten Arm und betrachtete ihre

Hand. Der Lederriemen war roten wunden Stellen gewichen. Spuren von Schmerzen und Angst. Erschöpft ließ sie die Hand sinken und schloss die Augen wieder.

Es klopfte an der Tür und noch ehe sie antworten hätte können, stand die Stationsschwester bereits im Raum. Neben ihr ein junger Mann, auf dessen Kittel noch klar und deutlich der Name zu lesen war. Pfleger Stéphane. Das accent aigu mit Edding nachgezeichnet, bisher jedoch von niemandem beachtet. „Pfleger Stefan" nannte ihn die Stationsschwester und die Härte, die dabei in ihrer Stimme mitschwang, unterstrich ihr Auftreten.

„Das ist Frau Finda." sagte sie mit ebensolcher Schärfe. „Sie ist – na sagen wir – kein leichter Fall. Nur so viel: Halten Sie Abstand, sonst schnappt sie zu!" Lautes Lachen erklang hohl und blechern aus ihrem langen Hals. Stéphane lächelte unsicher mit. Frau Finda hielt weiterhin fest die Augen geschlossen.

Lange Minuten, nachdem die Stationsschwester und Stéphane den Raum verlassen hatten, war ihre Wut etwas verflogen und sie öffnete die Augen. Wolken hatten sich vor die Sonne geschoben. Ihr war kalt. Sie stand auf und ging langsam hinüber zu dem kleinen Tisch, nahm die graue Strickjacke vom Stuhl und fühlte die Wolle sanft aber nachdrücklich, bevor sie ihre dünnen Arme hineingleiten ließ.

Auf dem Tisch standen eine neue Flasche Mineralwasser und ein sauberes Glas. Sie griff die Flasche mit beiden Händen und fuhr mit den Fingern das Plastik entlang. Zittrig drehte sie den Verschluss, rutschte einige Male ab, bis es laut zischte, Wasser über ihre Hand spritzte und die

Flasche hinunter auf den Tisch tropfte. Dann stellte sie sie ab, nahm das Glas in beide Hände und hielt es so eine Weile bevor sie es ebenfalls auf den Tisch zurückstellte. Klebrige Fingerabdrücke zierten den Rand. Sie goss etwas Wasser in das Glas und hielt ihre linke Hand darüber. Wasserspritzer tanzten zart von unten gegen ihre faltige Haut.

Ihr Blick wanderte aus dem Fenster hinaus in den Park und verlor sich dort im Grün der Bäume.

Als die Zeiger der Uhr über ihrem Bett auf zwölf sprangen, nahm sie ihren Zimmerschlüssel und ging hinunter in den Speisesaal. Er war noch menschenleer. Sie atmete auf.

Der Tisch vierzehn am Fenster war für vier Personen gedeckt, obwohl sich nie jemand zu ihr setzte. Sie mochten sie nicht. Sie war ihnen unheimlich.

Am Fenster nahm sie Platz, nachdem sie eilig mit ihren Händen über die Stuhllehne gefahren war, die Sitzfläche berührt hatte. Sowohl Gabel, Messer und Löffel als auch den leeren Teller fühlte sie ebenso hastig, aber nicht weniger inständig ab. Eine Schwester kam herbei und stellte eine Schale mit Suppe und einen Teller mit dem Hauptgericht wortlos auf den Tisch. Frau Finda bedankte sich nicht. Ein stummer Wortwechsel.

Die knochigen Hände der alten Frau legten sich um die warme Suppenschale. Sie schloss die Augen für ein paar Sekunden. Als sie Stimmen durch die Eingangstür zum Speisesaal kommen hörte, griff sie schnell zum Löffel und leerte die Schale. Das Hauptgericht ließ sie unberührt stehen und verließ den Saal durch den Hinterausgang. Zu dieser Zeit waren die Aufzüge viel benutzt, deshalb beschloss sie, die Stiegen zu nehmen. Ein paar Mal atmete sie tief durch, dann ergriff sie mit beiden Händen das Metallgeländer und begann sich Stufe für Stufe hinaufzuziehen. Im zweiten Stock trat Pfleger Stéphane aus dem Gang ins Stiegenhaus. Als er Frau Finda sah, kam er sofort herüber, wollte ihren Arm ergreifen und sagte „Ich helfe Ihnen." Sie zuckte zusammen, streckte ihre Hände nach ihm aus und berührte ihn dabei unsanft im Gesicht.

„Nein. Ich schaffe das schon." Ohne ihn anzusehen zog sie sich weiter langsam die Stufen hinauf.

„Ich schaffe das schon."

Stéphane sah ihr nach. Erschrocken. Verunsichert.

„Ich schaffe das schon." hörte er sie ein letztes Mal sagen, dann verschwand sie im Gang auf

der dritten Etage. Die Tür fiel laut ins Schloss
und hinterließ kühles Schweigen.

Einige Tage später begegnete Stéphane Frau
Finda im Park hinter dem Haus. Er stand etwas
entfernt vom Hauseingang und rauchte eine
Zigarette, als sie den engen Weg zwischen den
Blautannen entlang spazierte. Es hatte kurz zuvor
geregnet. Weiche Tropfen lagen auf den
Tannennadeln und drückten das grüne Kleid
schwer nach unten. Immer wieder blieb sie
stehen, berührte die Tannennadeln und sah zu,
wie die Tropfen zu Boden fielen. Sie lehnte sich
nach vorn und versuchte die feuchten schweren
Tannenzapfen zu berühren. Es war in diesem
Moment, als er begriff. Die Zartheit ihrer Hände
erkannte, die Zartheit ihres Wesens.
Er ging langsam zu ihr hinüber, trat ganz leise an
ihre Seite und schob seine Hand sanft über ihre.

So sanft, dass sie vor Erstaunen und Unbehagen weder zuckte noch erschrak. Ein paar Sekunden, die ihr endlos erschienen, ließ er seine Hand auf ihrer verweilen. Dann schob er sie über die Tannenzapfen, die sie zuvor nicht erreicht hatte, während er mit der anderen Hand ihre rechte Schulter hielt, so dass sie das Gleichgewicht nicht verlor.

„Ich mag den Geruch von warmem Regen in der Luft, Sie nicht auch?" sagte er leise. Sie hielt inne. Schaute ihn nicht an, bewegte sich nicht. Dann nickte sie, löste sich aus seinen Berührungen und ging ins Haus zurück. Ihre Augen so feucht wie Tannennadeln nach dem Regen.

Am Abend, als es an ihrer Zimmertür klopfte, dauerte es, bis jemand eintrat.

„Frau Finda? Ihre Medikamente." Die Stimme

warm und sanft. Ein Lächeln.

Sie schaute Stéphane an und nickte. Der Gesichtsausdruck unverändert. Er stellte ein Glas Wasser auf ihren Nachttisch und griff vorsichtig nach ihrer Hand. Sie beobachtete jede seiner Bewegungen, jede ihrer Bewegungen ohne sich zu wehren. Er ließ die Pillen aus dem kleinen Becher in ihre Hand gleiten und bog ihre zarten Finger darüber. Dann reichte er ihr das Wasserglas. Sie warf die Pillen in ihren Mund, griff vorsichtig nach dem Glas und hielt es eine Weile in ihrer Hand, fuhr mit dem Zeigefinger den Rand entlang. Stéphane wartete geduldig bis sie die Pillen mit dem Wasser hinuntergespült hatte. Dann fragte er, ob sie noch etwas brauche. Sie verneinte.

„Dann wünsche ich Ihnen eine gute Nacht." sagte er und schloss leise die Tür.

Als am nächsten Morgen um sechs Uhr die Zimmertür aufflog, eine Hand unsanft auf den Lichtschalter knallte und grelles Licht den Tag begrüsste, erwachte sie aus einem tiefen Schlaf und erschrak. Die Angst, nur geträumt zu haben, lähmte sie für einen Moment. Pfleger Stéphane hatte ihr Verständnis geschenkt, das sie nicht kannte und ohne dem sie sich mit dem Alltag hier arrangiert hatte. Jetzt jedoch war ein Funken Hoffnung lodernd entfacht und sie konnte nicht mehr zurück. Zuvor hatte sie sich müde dem unsanften Miteinander im Haus gebeugt, doch nun sah sie ein Leuchten. Einen Grund, hin und wieder zu lächeln. Und so verbrachte sie die Tage ohne Pfleger Stéphane damit, auf ihn zu warten.

Gegen Abend klopfte es an der Tür. Wieder dauerte es, bis jemand eintrat.

„Guten Abend, Frau Finda." Als sie die Stimme Stéphane's erkannte fühlte sie Erleichterung gefolgt von einem Schwall an Tränen in ihren faltigen Lidern. Sie lächelte. Stéphane lächelte zurück.

„Ihre Medikamente." er hielt ihr den kleinen Becher mit den Pillen und das Glas Wasser hin. Sie wiederholten das Spiel, das ihres geworden war. Nur legte sie diesmal ihre linke Hand auf seine Hand, die ihre wiederum umschloss. Eine Weile saßen sie so da. Faltige Hände auf seiner Haut.

„Danke." sagte sie leise und erschrak über ihre kratzende Stimme. Den ganzen Tag hatte sie nicht gesprochen. An allen anderen Tagen redete sie ebenfalls wenig. Sie hatte vergessen, wie es war, ein längeres Gespräch zu führen. Auch wenn die letzten Begegnungen mit Stéphane keine wirklichen Gespräche waren, so fühlten sie sich doch dem näher als allen anderen kurzen Wortwechseln der letzten Monate.

Als Stéphane aufstand und das Zimmer verlassen wollte, nahm sie allen Mut zusammen und rief leise „Stéphane?"

Er drehte sich um und schaute sie fragend an.

„Der Regen!" sagte sie und zeigte zum Fenster. Den ganzen Tag über hatten dunkle Wolken das Haus verhangen. Schwere Tropfen klopften in rhythmischem Tempo gegen die Fensterscheiben.

Stéphane schaute hinaus, nickte und verstand. Er schob den Nachttisch beiseite und ging am Bett der alten Frau vorbei zum Fenster. Der Griff ließ sich nur schwer drehen, Dichtungsgummis klebten zusammen und quietschten, als er die Rahmen voneinander trennte. Kühler Wind verwehte die alte vertrocknete Luft im Raum.

„Danke!" sagte sie. „Nein, kommen Sie. Kommen Sie!" antwortete er und ging zurück zu ihrem Bett, reichte ihr seinen Arm. Sie ergriff ihn mit beiden Händen. Unsicher, unbeholfen und strich eine Weile mit den Fingern über das Weiß seiner Dienstkleidung. Er wusste, dass es eine Mischung aus ihrem zwanghaften Berühren der Dinge und der Sehnsucht nach Zuneigung war und ließ es geschehen. Dann half er ihr aus dem Bett hinüber zum Fenster. Dort ergriff er wie schon am Tag zuvor ihre Schulter und führte ihre Hand hinaus in die Abenddämmerung. Dicke Regentropfen fielen auf die verwelkte Haut. Sie schloss die Augen und lächelte. Glückseligkeit ließ sie für einen Moment taumeln. Dann führte Stéphane sie zurück zu ihrem Bett und verabschiedete sich für die Nacht.

Die nächsten Tage vergingen voller Hoffnung und Erwarten der Abende. Pfleger Stéphane hatte ihr in kurzer Zeit das gesamte Haus und das Leben darin näher gebracht. Er lief mit ihr abends, wenn die meisten anderen Bewohner schon schliefen, die Gänge auf und ab, sie besuchten die Untersuchungszimmer und Werkstätten, den Schwimmbereich und die Küche und er half ihr, sich ihr Leben der letzten Jahre zurück zu ertasten. Er hatte sich daran gewöhnt, dass sie jeden Abend seine Arme berührte und ihm hin und wieder dankbar über sein Haar strich.

Sie sprach nicht viel und so war er es, der ihr alles erklärte und Geschichten erfand. Hin und wieder lachte sie sogar laut.

Eines Abends wagte er es endlich, sie zu fragen: „Haben Sie eigentlich keine Angst?" Sie wusste, wovon er sprach. Ihre Krankenakte lag natürlich

für das Personal sichtbar auf. Intim war in

diesem Hause nichts mehr. Die eigene

Privatsphäre ließ man zurück, wenn man die

Glastür im Foyer durchschritt, um zu bleiben.

„Wissen sie," sprach sie, „zu sterben, ist in

meinem Alter ein täglicher Bestandteil des

Lebens. Jeden Tag sterben wir ein bisschen und

irgendwann, da ist es Erlösung. Da ist es das

Ziel, auf das man täglich zuschreitet."

Stephane schluckte. Ihn erschreckte und

erstaunte diese klare, trockene Antwort, die von

dieser sonst so zarten Frau kam. Unbeholfen

nickte er und verließ das Zimmer.

Drei Tage später lag Frau Finda tot in ihrem Bett.

Stephane hatte den Frühdienst soeben

angetreten und sie leblos vorgefunden.

Mechanisch leitete er das allgemeine Vorgehen

bei einem Todesfall ein, wich jedoch die ganze Zeit nicht von ihrer Seite. Als die Träger kamen, um sie aus dem Zimmer zu bringen, bat Stephane sie kurz zu warten. Er nahm das Leinentuch, mit dem sie sie bedecken würden und legte es sanft in ihre Hand. „Fühlen Sie, Frau Finda, das ist das Leinentuch, und das wird man Ihnen gleich über den Körper legen. Dann werden Sie hinaus transportiert. Ich wünsche Ihnen alles Gute, da, wo Sie jetzt sind." Er drückte ein letztes Mal ihre kalte, faltige Hand. Für einen Moment hatte er das Gefühl, sie würde seine Hand drücken. Doch ihr Gesicht war ruhig und still, schien zufrieden. Und er wusste, dass sie längst woanders war. Da, wo sie nichts mehr ertasten musste. Wo nichts mehr unheimlich und fremd war. Wo sie einfach nur Teil eines Ganzen war. Und er freute sich für sie.

DAS FENSTER

Das Fenster

Es war der elfte Tag nach ihrem Tod. Ihr Körper war bereits in einen Holzsarg gekleidet tief in der Erde versunken. Blumen würden das Grab hüten. Verwelkt und braun allmählich, die Schleifen an den Kränzen in Windrichtung zerrissen. Grab Nummer neunzehn, Reihe acht gleich hinter der alten Eiche links. Nicht weit von den Gießkannen. Das war praktisch im Sommer, wenn es wenig regnete. Regen.

Wann würde es wieder regnen? Er sah vom Bett aus durch das Fenster der grauen Nebelwand entgegen. Dunkle Wolken, die mächtig und träge anrückten, jedoch den Regen unterwegs verloren hatten. Seit Tagen Nebel und grau. Etwas Wind, der durch die undichten Fenster pfiff. Sonst nichts.

Er schlug die Decke zurück, ließ ein Bein aus

dem Bett gleiten, zögerte noch einen Moment
schob dann das Zweite nach und stand auf.
Einen Augenblick blieb er stehen, hielt sich den
Kopf und ging dann langsam durch das Zimmer.
Aus dem Schubfach im Schreibtisch zog er das
Notizbuch hervor, schlug es am roten Faden auf
und nahm vorsichtig das Polaroid heraus. Er
betrachtete es eine Weile, hielt es dann vor sich
Richtung Fenster und schaute so eine Weile auf
das Bild und an dem Bild vorbei aus dem
Fenster. Bild. Fenster. Bild. Er schüttelte den Kopf
und legte das Foto zurück in das Notizbuch,
schlug es zu und legte es zurück in das
Schubfach im Schreibtisch. Ihm war kalt.
Im Flur zog er das Handtuch von der Heizung
und ging ins Bad. Über dem Spiegel hing ein
Foto von ihm. Er nahm es, hielt es neben sich
und betrachtete so sein Gesicht und das auf
dem Spiegelbild des Polaroids. Er musste sich

rasieren, sonst würde die Ähnlichkeit
verschwinden.

Das Handtuch ließ er auf den Boden gleiten und
stieg in die Dusche. Während das Wasser auf
Erwärmung wartete, putzte er sich die Zähne.
Rasch, ohne Gründlichkeit, aber umso heftiger.
Ein wenig Blut vermischte sich mit der
Zahnpasta. Er spuckte es an sich vorbei in den
Abfluss und steckte die Zahnbürste hinter die
alten Shampooflaschen. Das Wasser wurde
warm genug, um den Kopf darunter halten zu
können ohne dabei Kopfschmerzen zu
bekommen. Mit wenigen Handgriffen seifte er
sich ein, griff dann zum Rasierer und schob ein
paar schwarze Stoppeln von der Haut in seinem
Gesicht Richtung Abfluss. Ein letztes Mal wandte
er seinen Kopf in den schwachen Wasserstrahl,
dann drehte er an dem verkalkten,
quietschenden Rad und schob den

Duschvorhang beiseite. Das vom Vortag noch etwas feuchte Handtuch überhäufte ihn mit Kälte und Einsamkeit.

Ohne noch einen Blick in den Spiegel zu werfen, fuhr er sich mit den Händen ein paar Mal durchs Haar und zog sich an. Im Flur hängte er das Handtuch zurück über die Heizung. Der Heizkörper war kalt, es war Juni. Doch der Nebel und die feuchtkalte Luft ließen die Wäsche nur langsam trocknen. Aber wo sollte er das Handtuch sonst hinhängen. Das war nunmal der Platz dafür. Schon immer gewesen.

In der Küche ließ er den Wasserkocher bis zum Maximumstrich vollaufen und schaltete ihn an. Als er die Teeschachtel vom Regal nahm, fiel der letzte Teebeutel heraus. Er hatte es kommen sehen, hatte die letzte Packung vor einer Woche geöffnet und festgestellt, dass ihm der Tee ausging. Aus der Teekanne nahm er den alten

Teebeutel und hängte ihn an die Schnur, die er vom Regal zum Küchenschrank gespannt hatte. Dort hingen bereits achtzehn weitere Teebeutel. Einige davon bereits getrocknet, die letzten neben dem Heutigen noch etwas feucht. Alle trugen sie braune Flecken und sahen ihn mit tiefer Traurigkeit an.

Er warf den letzten noch unbenutzten Teebeutel in die Kanne und wartete darauf, dass das Wasser kochte, lauschte dabei dem beruhigenden Gurgeln und Zischen, bevor der Hebel des Kochers nach oben schnappte. Leise lief das heiße Wasser in die Teekanne und ließ sich vom Teebeutel mit Geschmack betupfen. In der Abwasch stand eine blaue Schale, die er kurz mit kalten Wasser ausspülte und auf den Tisch stellte. Das dumpfe Geräusch von Keramik auf Holz. Aus der Müslipackung schüttete er etwas in die Schale und setzte sich. Die Milch war ihm vorgestern ausgegangen. Seitdem aß er das Müsli trocken und trank dazu den heißen Tee. Ihm wurde allmählich wärmer.

Draußen hatte sich die Nebelwand näher an das Haus herangeschoben.

Als er die Schale geleert hatte stellte er sie zurück in die Abwasch. Dann nahm er die Teekanne, seine Tasse und ging über knarzende Holzdielen hinüber ins Wohnzimmer. Er schaute sich kurz um. Nichts hatte sich hier verändert.

Auf dem Sofa lag noch immer die Decke zurückgeschlagen über der Lehne. So, wie die Männer, die vor elf Tagen ihren Leichnam abgeholt hatten, sie hinterlassen hatten. Drei Stunden nachdem sie heimgekehrt waren und sie erschöpft zusammenbrach. Nie wieder erwachte. Es war ihr letzter Spaziergang und sie hatten es gewusst. Ein letztes Mal wollte sie hinaus und den Regen spüren.

Sie hatten wenig gesprochen, überhaupt in den letzten Tagen und Wochen vor ihrem Tod hatten sich Worte und Sätze in seinen Kopf eingefressen, waren steckengeblieben. Fanden den Ausgang nicht. Sie hatte verstanden und war dankbar, denn ihr fehlte allmählich die Kraft um zuzuhören und selbst Sätze zu formen. Auf dem Spaziergang hatte sie sich sehr angestrengt, versucht ihm tief in die Augen zu schauen und langsam die Lippen bewegt. Sie hatte ihn gebeten er möge nicht um sie trauern, auch wenn sie wusste, dass er es tun würde. Umso mehr hatte sie ihn angefleht so zu bleiben, wie er war. Wundervoll, sagte sie immer wieder. Dass sie ihn liebte, dass hat sie nicht geschafft zu sagen, aber dass sie sich wünschte, er würde nichts an sich ändern. Niemals. Und wenn sie eines Tages irgendwo beide... Den Satz hatte sie auch verschluckt, er kam ihr albern vor. Sie glaubten nicht an etwas davor oder danach und die leise Hoffnung, die in ihr schlummerte, trug sie allein mit sich in den Tod.

Er hatte nur genickt und die Augen auf den kalten Asphalt gerichtet. Im selben Augenblick hatte er beschlossen, so zu leben, als würde diese Tag nie zu Ende gehen. Zu Hause hatte er mit seiner alten Sofortbildkamera das Fenster und die Aussicht fotografiert. Im gleichen Moment hatte er sie im Wohnzimmer zu Boden fallen gehört.

Er stellte die Teekanne auf den Tisch und ließ sich in seinen Sessel fallen. Einen Moment schloss er die Augen, legte den Kopf zurück und atmete tief ein. Er schluckte. Nein, er durfte nicht trauern. Sie hatte ihn darum gebeten und so schlug er eines der Bücher auf, die neben ihm auf dem Boden lagen und verschwand in eine andere Welt. Die meisten der Bücher im Regal gehörten ihr. Er hatte nie daran gedacht sie zu lesen, bis zu ihrem Tod, als er beschloss, das Haus erst wieder zu verlassen, wenn es wieder regnete. Wenn der Himmel wieder die Färbung annahm, wie er sie eingefangen hatte auf dem Polaroid in seinem Notizbuch im Schreibtisch. In dem Moment, als das Leben aus ihrem Körper schlich.

Nichts wollte er ändern. Weder sich, noch die Welt.

Die Bücher halfen ihm. Er konnte die Zeit vergessen und die Tage vergingen. Sein Leben verschwand in fremden Welten, ohne dass er das Jetzt und Hier ändern musste.

Hin und wieder legte er eine alte Schallplatte auf, dann, wenn eine Notiz von ihr dazu im Buch stand. Er hatte nicht gewusst, dass sie manche Lieder Situationen in ihren Büchern zugeordnet hatte. Doch als er den Verbindungen folgte, ergaben Text und Musik oft einen ganz neuen Sinn. Oft las er Seiten mehrmals, bevor er die Musik dazu auflegte. Dann war er überrascht und erstaunt, was sie in den Zeilen las, die er soeben scheinbar trocken und spröde verschluckt hatte. Erst jetzt lebten sie auf und bekamen Gefühl.

Nach einigen Tagen wagte er es, selbst Musik zu wählen, die das Lesen begleitete. Stunden konnte er so verbringen ihre Welt, seine Welt und die Welt der Bücher miteinander zu verstricken. Dann vergaß er zu Essen oder zu Trinken und oft auch, das Licht anzuschalten. Erst als die Buchstaben die Dunkelheit umarmten, bemerkte er, dass wieder ein Tag vergangen war.

Fast einen Monat nach ihrem Tod erwachte er und erschrak. Es war 4 Uhr morgens und der

Himmel war leicht gerötet. Eine Wolke zog hastig über den Dächern Richtung Osten und der Geruch von anreisendem Regen lag in der Luft. Es schien, als wäre dies der erste Tag, an dem er das Haus verlassen könnte. Ein Blick auf das Polaroid in seinem Notizbuch bestätigte seinen Verdacht und als es wenig später anfing zu regnen, zog er seine braunen Lederschuhe an und verließ die Wohnung. Ohne Ziel ging er auf die Straße und atmete tief ein. Ihm war schwindelig.

Stundenlang lief er umher bis er vor einem Geschäft stehenblieb und erschrak. Sein Spiegelbild im Schaufenster betrachtend stand er so eine Weile und suchte sich selbst darin. Die Person, die er anstarrte war nicht nur dünn, sondern mager, das Gesicht eingefallen und die Hände lang und knochig. Panik überfiel ihn. Das war nicht die Person, die vor einem Monate versprochen hatte, nichts an sich zu ändern. Das war eine fremde Gestalt aus Haut und Knochen. Ein Geist. Er sank vorsichtig zu Boden, streckte die Beine von sich und vergrub den Kopf in seinen Händen. Und je mehr er nachdachte und realisierte, was mit ihm geschehen war, umso mehr begriff er, dass es nicht nur seine äußerliche Gestalt war, die so rasche Veränderungen erlitten hatte.

SIEBEN STATIONEN

Sieben Stationen

Es schien, als hätte sich die Welt in sich selbst verdreht. Verzweifelt hielt er inne, zum, wie es schien, hundertsten Male. Erneut strengte er sich an, seinen Ohren zu vertrauen. Auf der Suche nach bekannten Geräuschen, messbaren Empfindungen. Nichts.

Erneut sank er zu Boden und berührte den Moment der endgültigen Verzweiflung. WO WAR ER ???

Es war Schwester Anna, die ihn zum ersten Mal hierhergeführt hatte. Er hatte rebelliert und sich geweigert, so wie er gegen alles rebelliert hatte. Damals. Nach dem Unfall. Doch sie hatte darauf bestanden und ihn erpresst. Sie hatte mit einer Umlegung in ein anderes Zimmer gedroht. Hinüber zu Franz, dem Selbstmörder, der jetzt querschnittsgelähmt in seinem Bett lag und unaufhörlich röchelte. Als Franz dachte, sein Leben könnte nicht mehr schlimmer kommen und es beenden wollte, kam es noch schlimmer. Die Geschwindigkeit nicht hoch genug. Um wenige Zentimeter die Mauer verfehlt. Jetzt war er nicht nur am Ende, sondern auch noch unfähig, dem Ende ein Ende zu setzen.

Niemand konnte mit ihm ein Zimmer teilen. Schwester Anna wusste das und nutzte es schon seit längerem als Druckmittel bei den Patienten. Es war nicht fair, aber mit Fairness erreichte sie selten Einsicht und im Nachhinein half es ihnen. Auch wenn sie es erst später merkten. Sehr viel später. So wie Paul.

Paul war ihr also gefolgt. In den Park. Sobald sie das Gebäude verlassen hatten, war er auf sie angewiesen. Nur wenige Wochen ohne Augenlicht ließen ihn noch sehr fragil durch die laute dunkle Welt stolpern. Sein Stock schien ihm ein ständiger Dorn, mit dem er hier und da anstieß ohne dabei einen Weg zu finden. Er war verzweifelt, frustriert und müde. Müde von der Dunkelheit. Von dem unaufhörlichen Lärm. Von seinem eigenen Mitleid. Er verlor sich jeden Morgen erneut in der Unfähigkeit, den Tag als solchen zu begrüssen. In der Frage nach dem Warum und dem unerträglichen Was-wäre-Wenn-Spiel.

Und so folgte er Schwester Anna, schimpfte unaufhörlich und erklärte ihr, was für ein unmenschliches Wesen sie sei.

Er stolperte beim Einstieg in die Straßenbahn und hörte nicht auf Annas Anweisung, zukünftig den Ansagen zu lauschen, wenn er allein war. Um sich nicht zu verfahren. Er musste lernen, ohne lesbare Fahrpläne auszukommen. Er würde nie mehr mit der Straßenbahn fahren, hatte er bockig gesagt und heimlich die Stationen gezählt.

Als sie ausstiegen, stieß er sich den Kopf und begann von neuem zu schimpfen. Er spürte nicht die Sonne, die ihm auf den Rücken fiel. Er hielt einfach nur Annas Hand und folgte ihren kurzen Schritten.

Wenig später sanken seine Füsse vom Kies in ein weiches Rasenbett. Er fragte, wo sie seien, doch erhielt keine Antwort. Ob sie nun nicht mehr mit ihm rede, fragte er. Ob sie ihn nun aussetzen wollte. Das wäre ihm nur recht, dann bräuchte er nicht mehr ihren dummen Anweisungen zu folgen. Dann könnte er irgendwo sitzen und elendig zu Grunde gehen. Das hatte er ja scheinbar verdient. Warum sonst stolperte er plötzlich durch dieses Dunkel tagein tagaus?

Sie ließ seine Hand los und er blieb stehen. Er schimpfte weiter, denn sie sagte nichts. Laut begann er sich von Neuem in seinem Selbstmitleid zu verfangen. Stieß wütend mit dem Stock in den Boden, der dort steckenblieb und fast zerbrach. Noch wütender darüber beschwerte er sich, was das für ein Leben sein würde, im Dunkeln, angewiesen auf einen Stock, der im ersten Rasen steckenblieb.

Erst, als er sein tägliches Programm an Beschwerden herunter gewettert hatte, rief er nach Anna. Fast panisch schrie er laut, als sie nicht gleich antwortete.

„Ich bin hier unten" antwortete sie leise.

„Was tust Du da?" fragte er, während er sich erschöpft neben sie fallen ließ. Sie antwortete nicht und so schloss er die Augen und beruhigte seinen Atem. Er hatte sich viel zu sehr aufgeregt. Er spürte einen harten Gegenstand im Rücken und erschrak bis er bemerkte, dass es ein Baumstamm war. Vorsichtig lehnte er sich dagegen.

Eine Weile saßen sie so da. Beide sahen sie Richtung Himmel, doch keiner schaute wirklich hinauf. Anna nicht, weil sie die Augen geschlossen hielt. Paul nicht, weil er es nicht konnte.

„Das ist wunderschön" flüsterte er plötzlich, als hätte er einen hohen Berg erklommen und auf dem Gipfel die Aussicht ins Tal erspäht.

Anna lächelte.

„Es ist so ruhig."

Sie nickte zustimmend, auch wenn er das nicht sehen konnte.

„Danke."

Die nächste Stunde sagte niemand ein Wort. Bis die Sonne verschwand und der Wind kühl die Haut streifte.

„Sollen wir gehen?" fragte Anna.

„Sieben Stationen bis zum Stadttor" sagte Paul und lächelte. Anna zog den langen weißen Stock aus der Erde und legte ihn vorsichtig in Pauls Hand. Zum ersten Mal riss er ihn nicht wütend an sich wie ein bockiges Kind, dem man sein Spielzeug gab.

Schweigend gingen sie zurück.

Danach war Paul fast täglich hier hinausgefahren. Es war seine Oase mitten im Lärm der Stadt. Wie ein Tagebuch, dem er sich öffnen konnte, vertraute er dem Rauschen der Blätter der alten Eiche seine Gedanken an. Fuhr mit den Fingern die Rinde des alten Stammes entlang und tankte Ruhe. Er hatte sich an den Stock gewöhnt und die Dunkelheit, an das Herunterschmeißen von Gegenständen. Aber an den Lärm konnte und wollte er sich nicht gewöhnen. Es schmerzte in seinen Ohren und verwirrte ihn. Nahm ihm jegliche Orientierung in der Welt.

Heute war es so ruhig hier draußen wie immer. Dennoch war alles anders.

Es war ein ganz normaler Dienstag.

Novembergrau lag ihm die kühle Stadtluft in der Nase. Er hatte pünktlich um eins die Wohnung verlassen und hatte die Friedrichstraße an der Kreuzung Sägemühlengasse überquert. Die Bauarbeiter zwei Häuser weiter begaben sich zurück auf die Baustelle. Er konnte sie noch riechen. Zigaretten, Kaffe und Bratwurst. Er hoffte sie würden bald fertig sein mit den Arbeiten. Er mochte ihren Geruch nicht. Und den Lärm.

Mit der U-Bahn war er drei Stationen bis zum Stadttor gefahren und dann mit der Straßenbahn bis zum Volksgarten. Er war ausgestiegen und eine Weile geradeaus gegangen. Dann bog er nach rechts und lief weiter, bis er mit dem Stock gegen eine Rasenkante stieß. Etwas früher als sonst aber er war auch schneller gegangen.

Wegen der Kälte. Der Rasen war kalt und knisterte unter seinen Füßen. Der erste Frost. Dreiundzwanzig Schritte geradeaus und dann nur sieben nach links. Normalerweise hörte er den Baum bereits vorher im Wind singen. Doch heute war es unglaublich still. Er lief, seine Schritte zählend, umher. Erst im Viereck, dann wild im Kreis bis er ganz aufgab die Schritte zu zählen. Immer weiter lief er. Immer schneller. Nichts. Kein Baum. Er spürte, wie er mitten auf einer großen Wiese stand und die Welt ihm dabei zuschaute. Ihn auslachte. Tränen schossen ihm in die Augen. Er versuchte den Geräuschen, die von der Straße her drangen, zu lauschen. Doch sie waren zu weit weg.

Verzweifelt gab er auf. Er beschloss, den Rasen entlangzugehen, bis er an die Kante stieß und dann einen Weg zurück zur Haltestelle zu finden. Erstaunlicherweise gelang ihm das recht schnell.

Er verstand nur noch immer nicht, warum er den Baum nicht finden konnte und sich so einsam auf dem Rasen verlor.

Er ging geradeaus und dann links. Hörte den Verkehr schon sehr bald und folgte den Geräuschen der kommenden und fahrenden Straßenbahnen. Zitternd und frierend stand er an der Haltestelle und spürte die Blicke der anderen Personen sich in seine Schulter bohrend. Er verstand die Welt nicht und fühlte den Boden unter seinen Füßen sich schnell drehen wie ein Karussell, als er daran dachte, seine Kraft, seine Ruhe, seine Oase verloren zu haben. Es war, als würde er sein Augenlicht ein zweites Mal verlieren. Ihm war schlecht.

Eine Straßenbahn kam und er stieg vorsichtig ein, klammerte sich an einer der Haltestangen fest und betete, nicht zusammenzubrechen. Ruckartig fuhr die Bahn los und bog kurze Zeit später um eine Ecke. Pauls Herz sank tiefer. Das tat sie sonst nie. War er gänzlich auf einem anderen Planeten gelandet ?

„Nächster Halt: Volksgarten, Tor fünf" meldete eine laute Frauenstimme.

Paul schaute auf ohne zu wissen wohin. Er fragte hastig in die Bahn hinein, ob das wirklich Tor sechs war, an dem sie soeben losgefahren waren. Ein paar Fahrgäste nickten, besannen sich dann, dass er das nicht sehen konnte und stimmten ihm laut und deutlich zu.

Paul begann zu lachen. Laut lachte er, bis ihm die Tränen erneut die Wangen hinunter rannen. Die anderen Fahrgäste schauten ihn fragend an, schüttelten die Köpfe. Eine ältere Dame setzte sich ein paar Sitze weiter entfernt hin und brummte etwas in ihren dicken Schal.

„Verzählt!" brachte er nur schwer atmend

zwischen neuen Lachanfällen hervor. „Ich habe mich einfach verzählt!“

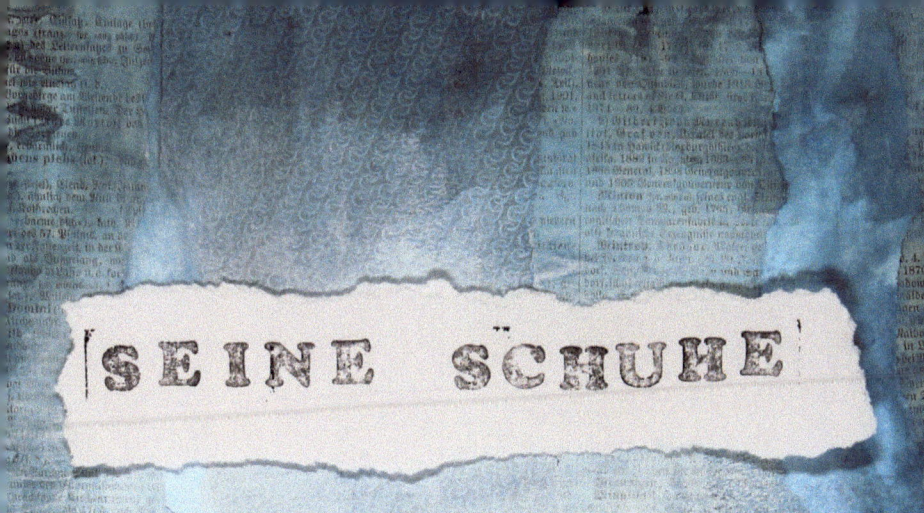

SEINE SCHUHE

Seine Schuhe

Seine Schuhe standen noch da. Er stand nicht mehr, er saß auch nicht, er lag einfach nur dort am Boden und bewegte sich nicht. Das Blut hatte aufgehört zu fließen und Kälte war durch die offenen Wunden in seinen Körper eingezogen. Die Augen geschlossen lag er ruhig am Boden.

Sie saß neben ihm und wartete auf das Läuten der Klingel. Sie wollte nicht zusammenzucken, wollte sich nicht erschrecken. Nicht noch einmal heute. Sie hatte sich erschrocken, als sie ihn da liegen sah. Hatte für eine Sekunde geglaubt, er wäre nur gefallen und sie könne ihm helfen. Aber dann war ihr klar geworden, dass ihm nicht zu helfen war. Jahre hatte sie versucht ihm zu helfen. Und Jahre hatte sie versagt.

Nein, sie hatte nicht versagt. Das hatte ihr der Arzt immer wieder bestätigt. Und auch er. Sie hatte ihm nicht helfen können. Sie war machtlos. Und nun saß sie hier, am Ende dieser langen Qual. Dem Langen Helfen und Versagen. Nein, nicht Versagen. Dem langen Nichtstun können. Sie hatte noch nicht geweint, keine Träne war auf den Boden getropft. Sie hatte sich in den letzten Jahren ausgeweint und nun war sie ausgetrocknet, saß dort am Boden und betrachtete ihn.

Erleichterung spülte den Schmerz Fluss aufwärts. Dahin, wo die Tränen waren. Wo sie warteten, denn sie würden kommen, das wusste sie. Und sie hatte Angst davor. Angst vor dem Schmerz, der erst noch kommen würde.

Sie betrachtete sein Gesicht und erschrak. Sein Wesen verschwand mehr und mehr aus der leblosen Hülle aus Haut und Knochen. Sie war allein mit einer Leiche, einem leblosen Körper.

Ganz allein. Ihr war kalt.

Das war also ihre letzte Erinnerung an ihn. Sein

lebloser Körper am Boden. Blut auf dem Parkett.

Sie zitterte. Stand auf und lief eilig durchs

Zimmer, sah aus dem Fenster und erwartete

blaue Lichter. Würden sie die Sirene überhaupt

anschalten, sie hatte doch gesagt, dass er tot

war. Es war doch nur eine Formalität,

irgendjemand musste den Tod ja bestätigen.

Irgendjemand musste ihn abholen. Er konnte

doch hier nicht so liegen bleiben. Und wer

würde das Blut wegwischen?

Ihr wurde schwindelig, doch ihr Puls raste. Sie

atmete laut und zerstörte brachial die leblose

Stille im Raum. Krampfhaft versuchte sie sich an

den gestrigen Abend zu erinnern. An sein

Lachen. Sie waren noch kurz unten im Lokal auf

der anderen Straßenseite. Er hatte Lust auf ein

Bier gehabt. Sein Letztes. Das wusste jedoch nur er. Sie hatten wenig geredet. Aber das war normal. Man musste nicht immer viel reden. Er schien erleichtert und froh, hatte behauptet, einen guten Tag im Büro gehabt zu haben. Er hatte viel erledigt, viel vom Schreibtisch gefegt, hatte er gesagt. Dann hatten sie sich vorgestellt, wie er mit einem alten Hexenbesen auf seinem Schreibtisch stand, umgeben von seinen Kollegen, die alle so düster und humorlos ihre Arbeit verrichteten. Dann hatten sie gelacht. Es war nicht wirklich lustig gewesen, aber sie hatten sich daran gewöhnt, über banale Dinge im Leben zu lachen. Damit sie das Lachen nicht vergaßen.

Sie versuchte, sich an sein lachendes Gesicht zu erinnern. Doch es gelang ihr nicht. Immer wieder drängelte sich die leblose Gestalt aus Haut und Knochen davor. Sie schlug sich mit der flachen

Hand an den Kopf und stöhnte kurz auf. Es durfte nicht sein. Das konnte nicht die letzte Erinnerung sein. Sie wollte zurück, wollte zu seinem Lachen zurück, es fotografieren und in ihrem Kopf abspeichern. Abrufbar auf Lebenszeit. Sie rannte ins Schlafzimmer. Am Kleiderschrank hingen über zwei Dutzend Polaroids. Sie riss sie alle runter, eins nach dem anderen. Alle, auf denen er nicht lachte. Eines blieb hängen. Er lag am Boden und lachte und sie erinnerte sich an den Abend. Sie hatten viel gelacht. Viel getrunken und gelacht. Sie wusste nicht mehr worüber, aber sie wusste, dass er eine ganze Weile dort am Boden lag und nicht aufhören konnte zu lachen. Sie konnte dieses Foto nicht anrühren. Wie er da lag, so wie er jetzt im Wohnzimmer lag. Auf dem Boden. Leblos. Ein lachendes und ein lebloses Auge. Nein. Das Foto musste weg. Und so waren sie alle am

Boden verstreut, zum Wegwerfen, die Fotos.

Keine lachende Erinnerung. Nur sie allein in der

Wohnung mit einem leblosen Körper. Haut und

Knochen.

Sie nahm ihre Reisetasche vom Schrank und

begann zu packen. Sie konnte hier nicht bleiben.

Nie mehr konnte sie hier sein. Sie musste die

Wohnung, und alles darin wegwerfen. Alles

würde eine letzte Erinnerung für sie sein. Das

war nicht mehr ihre gemeinsame Wohnung, ihre

letzten 5 gemeinsamen Jahre in dieser Stadt.

Das war die Wohnung, in der sie ihn gefunden

hatte. Diesen leblosen Körper. Sie musste weg.

Es klingelte. Sie zuckte zusammen. Verdammt,

sie wollte doch nicht erschrecken wenn sie

kamen.

Es ging alles ganz schnell. Der Arzt kniete

nieder, fühlte hier und da, bestätigte den Tod

und redete mit seinem Kollegen. Sie erklärten ihr

den weiteren Ablauf der Dinge, wenig später

klingelte es wieder und weitere Männer betraten

die Wohnung. Sie legten den leblosen Körper in

eine große Metallschale und trugen ihn davon.

Der Arzt war noch da, fragte sie hier und dort zu

unterschreiben und ob er etwas tun könne. Sie

schüttelte den Kopf und weinte noch immer

nicht.

Als alles vorbei war nahm sie ihre Tasche und

ihren Schlüssel und ging zur Wohnungstür. Ein

letztes Mal drehte sie sich um. Seine Schuhe

standen noch da. Sie hob sie auf und stopfte sie

in ihre Reisetasche. Dann schloss sie die Tür.

IHR SCHATTEN BLEIBT

Ihr Schatten bleibt

Es war drei Uhr morgens als es laut im Hof polterte und düstere Stimmen die Dunkelheit aufbrachen. Die Außenleuchten wurden durch die Bewegung geschaltet und ein schwacher Schein fiel direkt in ihr Schlafzimmer. Sie grummelte, murmelte und zog die Decke über den Kopf. Dort wartete sie. Lange. Bis endlich wieder Ruhe einkehrte, das Poltern sich entfernte und Stille und Dunkelheit wieder die Nacht regierten. Irgendwann schlief sie ein.

Am Morgen hatte sie die nächtliche Unruhe schon fast vergessen, trank ihren Kaffee, spülte sich die Nacht aus den Augen und verließ die Wohnung. Stufe für Stufe flog sie die Stockwerke hinab und an den Briefkästen vorbei. Die Haustür stand offen und kalter Wind wehte hinein, stoppte sie kurz in ihrer Hast. Vor der Tür stand eine Frau mit wirrem Haar, die Arme um sich selbst geschlungen. Sich vor dem Wind schützend. Oder der Welt. Ihre Augen waren rot, der Blick blass und grau.

Ein kurzes Nicken, stummes Grüßen. Dann blieb eine Frau weiter reglos frierend stehen, die andere eilte die Straße entlang ihrer Wege.

Sie hielt kurz inne. Wie kleine Puzzleteilchen schob sich ein ganzes Bild zusammen. Die Frau mit den roten Augen. Ihr Blick, der an die alte, kranke Frau aus dem ersten Stock erinnerte. Das nächtliche Poltern. Die Traurigkeit. Und plötzlich war es nicht der Wind, der sie ein wenig zittern ließ, sondern der Tod. Denn die Stimmen in der Nacht waren Sanitäter oder Bestatter. Oder beides. Das Poltern eine Bahre. Oder gar ein Sarg. Mit der alten Frau darin. Leblos. Erlöst.

Hatte sie den längst beendeten Kampf nun endgültig aufgegeben.

Im Sommer hatte sie des öfteren die alte Frau immer an der Seite ihres Mannes im Hof getroffen. Sie hatte erzählt von ihrer Krankheit und der Mühseligkeit des Atmens. Dass sie die meiste Zeit am Fenster saß und jeden überhitzten Luftzug inhalierte wie frisches Leben. Dass der Lärm der Kinder sie anstrengte. Und ihr allmählich die Kraft schwand. Ihr Mann stand neben ihr wie das blühende Leben. Er lachte, nickte viel und schien die trüben Worte seiner Frau durch Fröhlichkeit übermalen zu wollen. Ein Pärchen der Gegensätze. Dennoch innig und warm. Oft sah sie ihnen lange nach, wie sie langsam und etwas hinkend über das Kopfsteinpflaster ins Hinterhaus verschwanden.

Abends hörte man ihr gedämpftes, längst nicht mehr kräftiges Husten. Das nun der Stille gewichen war. Zurück blieb der Mann, der immer lachte, der immer fröhlich und freundlich mit allen Nachbarn sprach und nickte. So, als würde er sich selbst die Richtigkeit der Welt versichern. Nun war er allein mit seiner Fröhlichkeit.

Im Fenster im ersten Stock war eine Kerze der hustenden Silhouette gewichen. Der Mann war nicht zu sehen. Doch sie hörte ihn oft, wie er mit dem älteren Herrn im Erdgeschoss plauderte. Wie sie lachten. Es geht ihm gut, dachte sie. Eine Frohnatur. Und der Tod seiner Frau, längst absehbar, erträglich. Irgendwie.

Am Freitag traf sie ihn in der Einfahrt. Er fragte, wie es ihr ginge. Dann fragte sie ihn und er lächelte, nickte. Meine Frau, ja, sie ist gestorben.

Nunja. Es geht. Sie konnte nicht anders, als ihn

zu umarmen, den Fremden, der ihr doch so

vertraut schien. Er drückte ihre Hand. Und nun –

wollen Sie jetzt nicht meine Frau werden? fragte

er. Dann lachten beide. Um die Absurdität dieser

Worte zu durchbrechen.

Ich habe ja schon einen Mann. sprach sie.

Ach so, na dann. Wie schade. Wieder lachte er.

Dann wünschten sie sich Alles Gute und er

verschwand im Hof. Sie schaute ihm nach und

versuchte zu verstehen wie er so sein konnte,

wie er war. Dass weder die Krankheit noch der

Tod seiner Frau seine Fröhlichkeit dämpften. Wie

schaffte er das?

Er eilte über den Hof. Spürte ihren Blick in

seinem Nacken und wünschte sich, dass seine

Beine ihn schneller tragen könnten. Hastig

öffnete er die Tür zum Hinterhaus, quetschte sich hindurch und ließ sie wieder ins Schloss fallen. Die Stufen bis zum ersten Stock nahm er etwas langsamer. Ihr Blick war gewichen, aber ihre Gedanken verfolgte ihn weiter. Wie konnte er nur so sein? Natürlich musste sie das denken.

Erst, als seine Wohnungstür hinter ihm zufiel, brach er zusammen. Er ließ sich auf den Stuhl im Vorraum sinken und weinte. Er weinte so lange und viel, dass er nichts anderes mehr spürte. Nicht die Fröhlichkeit, die er den ganzen Tag lang wie eine Handtasche mit sich herumtrug, nicht den Hass auf sich selbst, der sich nachts wie eine schwere Bettdecke auf ihn legte. Gern würde er von beidem etwas abwerfen. Ein wenig weniger fröhlich. Nachts ein wenig weniger hässlich.

Aber er wusste nicht, wie das ging. Wusste nicht in Worte zu fassen, was er empfand. Wusste niemandem, der ihm diese Worte abnehmen könnte.

Langsam stand er auf und zog endlich seine schwere Jacke aus. Aber die Last auf den Schulter blieb. Er streifte die alten Lederschuhe ab und ging schwerfällig über den abgenutzten Linoleumboden ins Schlafzimmer. Dort zündete er, wie jeden Abend, eine Kerze an und beobachtete das leise Flackern ihres Schattens an der Wand. Dort, wo vor wenigen Wochen noch der Schatten seiner Frau saß. So fühlte er sich weniger allein.

Irgendwann vergrub sich der Schein der Kerze in dem flüssigen Wachs und der Schatten verschwand so wie seine Frau eines Nachts verschwunden war. Er zog die schwere Decke über sich, spürte den Hass auf sich ruhen und weinte. Er weinte sich in den Schlaf und wenn er erwachte, taten ihm die Augen weh. Erst die Helligkeit eines neuen Tages nahm ihm die Schwere und ließ ihn aufstehen. Ein Glas Milch und einen Zwieback. Mehr schaffte er nicht. Dann zog er seine Jacke an, steckte die alten Füße in die Schuhe und verließ die Wohnung. Im Hof schaute der alte Herr aus dem Erdgeschoss aus dem Fenster und lachte ihn an. Froh über Gesellschaft. Und er lachte zurück. Schluckte den Hass, die Tränen, die Verzweiflung. Die würden ja verlässlich wiederkehren. Am Abend. In der Dunkelheit.

Stummer Dialog im Regen

Erst als die Musik verstummte, merkte er, dass es in Strömen regnete. Ein graues feuchtes Wirrwar hing vor seinem Fenster herab und fiel in den Hof. Rauschen. Er stellte sich vor, wie sich das Wasser sammeln und einen Pool bilden würde. Erst wenige Zentimeter, dann bereits ein 1,30m tiefes Nichtschwimmer Becken und bei starkem unaufhörlichem Regen 1,80m tief. Das private Schwimmbad der Florentigasse 18. Wie gut, dass er im 4. Stock wohnte. Zum Taucherbecken würde es in diesen Breiten wohl nie reichen.

Er öffnete das Fenster und ließ den frischen, feuchten Dampf des Regens herein, atmete tief, schloss die Augen und lauschte dem Geräusch dieser Herbstnacht. Stetig und doch regelmäßig. Kein Wind. Keine Kälte. Nur Regen.

Er wusste nicht, wie lange er dort so stand, als gegenüber das Licht eingeschaltet wurde, eine Frau mit einer Brille auf der Nase über den Schreibtisch gebeugt umher wühlte, hin und wieder innehielt, sich dann weiter durch Papierberge grub. Bis sie schließlich ein Blatt griff und damit scheinbar gefunden hatte, wonach sie suchte. Während sie las, richtete sie ihren Oberkörper auf, rückte die Brille auf der Nase zurecht und legte die andere Hand an die Hüfte. Dann schaute sie eine Weile durch den Raum, hielt den Kopf schief und strich mit den Fingern an den Bücherrücken im Regal entlang. Sie zog eines heraus und blätterte darin.

Die Frau hatte er schon oft gesehen dort drüben. Immer trug sie die schwarze Brille, an einem Band um ihren Hals oder auf ihrer Nase. Der Schreibtisch war immer mit Papier bedeckt, sah tüchtig aus und schwer, aber unordentlich. Oft spürte er das Verlangen hinüberzugehen, an die Tür zu klopfen und vorsichtig zu fragen "Dürfte ich bitte ihren Schreibtisch aufräumen? Ich kann das Chaos nicht mit ansehen." Dann stellte er sich ihr entsetztes Gesicht vor und musste lachen. Sein Schreibtisch war immer aufgeräumt. Er hatte ihn etwas näher an das Fenster gestellt damit sie ihn sehen konnte. Vielleicht erkannte sie die Ordnung und würde sich besinnen, selbige auf ihrem hölzernen Arbeitskollegen herzustellen. Aber bisher hatte sie seinen Schreibtisch entweder noch nicht gesehen, oder die vorbildliche Ordnung darauf ignoriert.

Die Frau schob das Buch zurück ins Regal. Nicht genau an die Stelle, aus der sie es genommen hatte, sondern zwei dicke Bände daneben. Dann ging sie zurück zum Schreibtisch und las weiter auf ihrem Stück Papier. Plötzlich hob sie den Kopf und nahm die Brille von der Nase, den Blick zur Tür gerichtet. Auch er richtete den Blick zu ihrer Tür, obwohl er die nicht sah. Aber er wusste, dass ihre Wohnung spiegelverkehrt zu seiner geschnitten war und deshalb konnte es nur die Eingangstür sein, zu der sie schaute. Ein Mann trat in den gespiegelten Raum gegenüber. Er redete. Er redete viel oder schnell oder viel und schnell, womöglich auch noch viel zu schnell. Sein ganzer Körper redete mit und die Wangen wurden rot vom vielen und zu schnellen Reden.

Auch ihm wurde heiß wie er da stand am Fenster im Regen und sah, wie der Mann gegenüber ganzkörperlich redete. Auch ihn hatte er schon öfter gesehen dort in der spiegelverkehrten Wohnung, in dem Raum mit

den vielen Büchern in Regalen, dem
unordentlichen Schreibtisch, der Frau mit der
Brille. Plötzlich wurde es hektisch. Durch den
Regen hindurch drang nur die Stille der
verschlossenen Fenster, doch dahinter sah man
die Arme des Mannes fliegen als wäre ihm die
Koordination entglitten. Auch er trug eine Brille,
die jetzt auf seiner Nase auf und ab hüpfte. Die
Frau stand auf. Ihren Rücken zum Fenster
gerichtet sah man nur, wie sich ihr Kopf neigte,
sie dem Redeschwall ihres Gegenübers folgte.
Sie stützte die Hände in die Hüften, legte den
Kopf auf die andere Seite. So wechselte sie ihre
Haltung hin und wieder. Er konnte nicht
erkennen, ob sie ebenfalls sprach. Aber den
unablässig umherfliegenden Händen des
Mannes zu folgen hatte sie nur wenig Zeit für
wenige Worte.

Gebannt stand er so eine zeitlang am Fenster, lauschte dem stummen Dialog seiner Nachbarn, vom Regen verschluckt. Erst jetzt spürte er seinen rasenden Puls. Herzklopfen und das Verlangen nach Harmonie in diesem so stimmungsaufgewühlten Wohnzimmer gegenüber. Er war aufgebracht folgte dem Geschehen wie einer Tragödie im Theater. Die Bühne drehte sich. Die Frau mit der Brille verließ den Raum. Jetzt trat der Mann an den Schreibtisch und blätterte ebenfalls durch die Unordnung aus Papier. Als sie das Zimmer wieder betrat, hielt sie die Brille in ihrer Hand. Nun folgte ihr Redeschwall. Ihr Kopf erhoben, Statt mit den Händen zu wedeln, bohrte sie nur ihren Zeigefinger in die Luft, auf nichts wirklich zeigend. Dann verschwand sie wieder und kehrte wenig später mit einer Flasche Rotwein in der Hand zurück. Der Mann stand noch immer am Schreibtisch, schaute nur hin und wieder auf, las hier und da auf diversen Papieren. Jetzt beugte er sich nach vorn, stützte beide Hände auf die von Papier bedeckte Tischplatte und sprach etwas zu ihr. Diesmal scheinbar leise und ruhig. Dann schwang er die Arme in die Luft, zuckte mit den Schultern und verließ eilig das Zimmer. Sie öffnete die Flasche und goss den Wein in zwei Gläser, die sie aus dem Nichts der Dunkelheit gezaubert hatte.

Als der Mann zurück in den Raum kehrte, hatte sie das Deckenlicht gegen die alte Stehlampe eingetauscht und sich in einen der Sessel gesetzt. Er setzte sich ihr gegenüber und nahm eines der Rotweingläser in die Hand. Sie lächelte, erhob ihr Glas und stieß mit ihm an. Das stumme Klirren von Glas.

Unwillkürlich wich er einen Schritt zurück vom
Fenster. Sein Puls hatte sich beruhigt. Der Regen
hatte etwas nachgelassen, der Pool war
leergelaufen. Er schloss eilig das Fenster und
spürte den Geschmack von Rotwein in seinem
Mund.

118

VERGESSEN

Vergessen

Die Tür sprang auf und sie zuckte zusammen.

„Wer sind Sie? Was wollen Sie hier?" schrie sie

den Mann an, der soeben in ihre Wohnung

getreten war.

„Dein allerliebster Mann." sagte er lächelnd, in

dem Glauben, sie spiele Theater.

„Raus mit Ihnen! Gehen Sie! Ich kenne Sie nicht.

Ich rufe die Polizei!"

Ein wenig erschrak er vor der schrillen Lautstärke

ihrer Worte. Die Panik in ihren Augen war ihm

etwas unheimlich. „Hör auf mit dem Quatsch."

bat er sie. „Das macht mir ja Angst."

„Gehen Sie! Was wollen Sie hier???" schrie sie

noch lauter. Und noch schriller.

Jetzt erschrak er wirklich. So sehr, dass auch

ihm nach Schreien war. Aber er war nicht der

Typ, der laut schrie. Und so beschloss er, die

Situation leise und auf seine Weise zu beenden.

„Wenn Du nicht aufhörst, dann werde ich gehen. Wirklich. Mir ist das wirklich zu viel."

„Gehen Sie!" schrie sie noch einmal. Noch lauter. Noch schriller. Und er ging.

Natürlich hatte er gehofft, sie würde ihr Theaterspiel abbrechen und ihn aufhalten. Stattdessen blieb sie so stehen und wartete, dass er ging. Mit dieser dunklen, angsteinflößenden Panik in ihrem Gesicht. Noch einmal drehte er sich um, erschrak wieder, und ging.

Als die Tür ins Schloss gefallen war, atmete er tief durch. Spürte den frischen Herbstwind und lehnte sich an das alte Fenster im Treppenhaus. Er wartete. Hoffte, dass sie jeden Moment die Tür öffnen und ihm erklären würde, was sie gerade gespielt hatte. Doch nichts geschah. Die Situation erschien ihm immer absurder, je länger er hier im Treppenhaus stand und auf die Straße blickte. Bis er beschloss, wieder hinauf in die Wohnung zu gehen.

Bevor er den Schlüssel ins Schloss steckte, zögerte er jedoch kurz. Er legte ein Ohr an die Holztür, von der der weiße Lack nach und nach ab blätterte. Drinnen hörte er ihre Schritte im Flur. Langsam. Und schlurfend. Er steckte den Schlüssel in seine Jackentasche und drückte auf den Klingelknopf. Die schlurfenden Schritte kamen näher und knarzend öffnete sich die Tür.

„Hast Du Dich beruhigt?" fragte er sie. Lächelte etwas gezwungen.

„Was wollen Sie?" fragte sie. Die Panik war aus ihrem Blick gewichen, doch was er sah, erschreckte ihn dennoch. Ihre Augen schienen leer, ihr Blick haltlos und ängstlich.

„Tilda," sprach er leise. „Ich mag das nicht. Hör bitte auf mit dem Spiel und lass mich rein. Das macht mir wirklich Angst."

„Wovon reden Sie? Was wollen Sie? Wer sind Sie?"

„Tilda!!" schrie er sie nun endgültig an, hielt ihre Schultern mit seinen großen Händen fest und schüttelte sie. Gemeinsam erschraken sie nun vor ihm, vor seinen Händen und seiner lauter Stimme. Und sie begann zu schreien.

Er ließ sie los und taumelte ein Stück zurück. Die Panik war zurück in ihren Blick gekrochen. Für einen kurzen Moment fragte er sich, ob sie überhaupt Tilda war. Ob er es war, der sich geirrt hatte. Eine Sekunde der irrtümlichen Erleichterung, die abgelöst wurde durch die schlagartige Erkenntnis, dass diese Frau seine Frau war. Dass diese Frau Tilda war. Zumindest äußerlich.

„Verschwinden Sie." sagte sie mit bebender Stimme und schloss die Tür.

„Tilda!!" rief er noch einmal verzweifelt. Doch nichts geschah. Die Tür schaute ihn höhnisch lachend an, die Stille im Treppenhaus umgab ihn wie unsichtbarer Nebel. Verzweifelt sank er auf der oberen Treppenstufe nieder und lehnte den schweren Kopf gegen die Wand. Er schloss die Augen und hoffte, alles nur geträumt zu haben. Hoffte, dass Tilda neben ihm stehen würde, wenn er die Augen wieder öffnete.

Als er die Augen öffnete, stand Tilda neben ihm. „Oskar, was machst Du hier? Warum hockst Du hier draußen und kommst nicht rein?" Er schaute sie an. „Tilda. Tilda!" Er war erleichtert und wurde sogleich wütend. „Tilda! Mach das bitte nie wieder! Hörst Du! Nie wieder!!"

„Was denn, Oskar? Was soll ich nie wieder machen? Du bist doch derjenige, der hier draußen im Treppenhaus hockt und schläft. Ich stehe drinnen und warte auf Dich."

„Warten? Tilda, das ist nicht lustig. Das ist nicht witzig." Er stand auf und ging schnaufend an ihr vorbei in die Wohnung. „Was meinst Du? Wovon redest Du?"

Es fühlte sich ein wenig dumm an ihr zu erzählen was geschehen war, wo sie doch dabei gewesen ist. Also fasste er sich kurz. „Ich war hier Tilda. Ich kam in die Wohnung, und Du hast mich angeschrien. Du hast gefragt, wer ich bin und gedroht die Polizei zu rufen, wenn ich nicht verschwinde. Also bin ich wieder gegangen.

Sie schaute ihn an. Sie erschrak. „Oh nein. Oh nein." Dann brach sie in Tränen aus.

„Tilda was ist los? Warum weinst Du? Was ist?"

Er war müde und verwirrt. Er war froh wieder bei ihr zu sein, ohne von ihr bedroht zu werden.

Jetzt stand sie da und weinte, schien verzweifelt, und er wusste nicht warum. Er wollte sie halten, doch eine lähmende Schwere stoppte ihn.

Verzweifelt schauten sich beide mit großen Augen an. „Hast Du vergessen?" fragte sie? „Oskar! Oskar, hast Du wieder vergessen?" Jetzt war sie es, die ihn an den Schultern packte, und schüttelte.

„Was habe ich vergessen? Hör auf mich zu schütteln, das tut mir weh!" Noch bevor er ihre Hände von sich stoßen konnte, wich sie zurück.

„Das Vergessen vergessen. Du hast das Vergessen vergessen" flüsterte sie.

„Was vergessen?" fragte er. Doch sie schüttelte den Kopf. „Komm!" sprach sie jetzt wieder etwas lauter. „Komm mit!" Sie nahm ihre Jacke vom Haken und schob ihn aus der Wohnung. „Tilda

wohin? Wohin willst Du?" „Red nicht, Oskar,
komm einfach mit."

Dann eilte sie die Treppen hinunter und er ihr
nach. „Warte doch, Tilda, wo willst Du denn hin
verdammt nochmal?"

„Das erkläre ich Dir dann. Jetzt komm einfach
mit. Frag nicht, komm."

Er kannte seine Frau. Diese Frau. Die, die hier
einige Schritte vor ihm her eilte, die klar und
deutlich war. Das war seine Frau, seine Tilda.
Und er wusste, dass er ihr zu folgen hatte. Dass
es nicht anders ging, als ihr jetzt einfach zu
nachzugehen. Und so schwieg er und ging ihr
eilig nach.

Sie gingen die Straße entlang bis zum Ende,
bogen dann ab über eine kleine Brücke, die sie
weiter aus der Stadt hinaus führte. Die Straßen
wurden immer kleiner, die Häuser immer
verwachsener. Er kannte den Weg und wusste

dennoch nicht, wo Tilda hin wollte. Doch er wusste, dass er nicht zu fragen brauchte. Wenn Tilda sagte, sie würde ihm das später erklären, dann konnte er sich darauf verlassen. Obwohl er nach dem heutigen Tag anzweifelte, sich noch auf irgendetwas verlassen zu können. Und was hatte sie von Vergessen geredet? Was hatte er denn vergessen können, was so wichtig oder so groß war, dass seine Tilda zu weinen begann? Sie drehte sich immer wieder um. „Komm Oskar, komm einfach." Die Häuser wurden weniger, die Bäume mehr. Hinter der letzten Häuserreihe ragte eine Wiese einen kleinen Hang hinauf. „Da hinauf." sagte sie. Er blieb stehen und holte Luft. „Da?" fragte er. „Aber warum?" „Später Oskar, später." Tilda ging langsam über die Wiese den Hang hinauf. Oskar schaute ihr noch eine Weile nach, dann folgte er. Schweigend und laut keuchend überquerten sie die Wiese. Und nach einer Weile erkannte Oskar die Bank. Und als er sie erblickt und erkannt hatte, da durchfuhr ihn ein greller Blitz. Da zuckte sein Herz und der Atem stockte. „Tilda!" sprach er.

„Ja, Oskar. Setz Dich." Beide setzten sich auf die Bank und schauten in das Grün der Wiese.

„Erinnerst Du Dich jetzt?" Er nickte. „Hier hast Du mich immer her gebracht, als ich die ersten Ausfälle hatte. Als Du wahnsinnig geworden bist, wenn ich vergessen hatte, wer Du bist. Bis hier oben hast Du mein Fragen und mein hysterisches Schreien ertragen. Und hier oben hat es dann immer aufgehört. Hier habe ich mich immer noch erinnert. Hier hast Du mich dann aufgefangen in meiner Angst. Angst vor diesen Ausfällen und Angst vor dem, was noch kommen wird. Hier oben habe ich mich immer sicher gefühlt. Bis Du..." Sie stockte. Ihre Augen glänzten. Sie schaffte es nicht. „Bis ich meine ersten Ausfälle hatte." sprach er für sie weiter.

Sie nickte. „Das Vergessen vergessen." sprach

er. „Ich habe vergessen, dass Du mich vergisst.

Manchmal. So vergessen wir uns beide

gegenseitig. Vergessen, was los ist, wenn der

eine den anderen vergisst." Auch er stockte und

schwieg. Tilda liefen die Tränen die Wange

herunter. Er nahm ihre Hand und hielt sie fest.

„Verzeih mir." sprach er. Dann brach auch er in

Tränen aus. Nahm sie fest in seine Arme und so

weinten sie, bis der Wind die letzten Tränen

getrocknet hatte. „Hier." sprach sie. Aus ihrer

Jackentasche holte sie ein altes Foto heraus.

„Das hast Du mir hier oben immer gegeben.

Hast gesagt, ich soll es bei mir tragen, damit ich

mich auch unten immer wieder erinnern kann.

Aber jetzt, jetzt brauchst Du es vielleicht wieder?"

Er nahm das Foto in die Hand. Ihr Foto. Es

zeigte Tilda und ihn auf dieser Bank hier oben,

an ihrem Hochzeitstag. Wie sie gemeinsam in eine weite Zukunft blickten. Sie hatten keine Ahnung damals, was auf sie zukommen würde. Und sie hatten eine lange und wundervolle Zukunft gehabt. Doch nun waren sie angekommen am Rande der Zukunft. Bewegten sich zwischen Jetzt und Damals. Hielten verzweifelt die Vergangenheit fest, um im Jetzt nicht zu taumeln. Versuchten da zu sein, wo sie waren. Ohne auseinander zu fallen. Eine Zukunft gab es nicht mehr. Nur noch das Jetzt und die im Wind flatternden Fetzen der Vergangenheit. „Ich werde eine Kopie machen." sprach er. Dann steckte er das Foto in seine Jackentasche und nahm ihre Hand. Schweigend saßen sie so da. Im Jetzt. Und hielten fest, was haltbar war.